ROBINSON

PETER SÍS

EDICIONES EKARÉ

A MIS AMIGOS Y A MÍ NOS ENCANTAN LAS AVENTURAS.

Todo el tiempo jugamos a los piratas. ¡Juntos dominamos mares y océanos!

ASÍ QUE, CUANDO ANUNCIAN LA FIESTA DE DISFRACES DEL COLEGIO, TODOS TENEMOS CLARO QUE IREMOS DISFRAZADOS DE PIRATAS.

FIESTA DE
DISFRA

Pero mi mamá tiene otra idea.

—Peter, ya que te gustan tanto las aventuras, ¿por qué no te disfrazas de Robinson Crusoe? —dice ella.

—Yo quiero ir de pirata como mis amigos —contesto.

—Pero Robinson Crusoe es el héroe de tu historia preferida —dice.

Y tiene razón. Él fue un gran aventurero, y más valiente que todos los piratas juntos.

—De acuerdo —le digo.

Mamá reúne un montón de cosas y se pone a trabajar.

Cuando arma todas las piezas, ¡vaya!
Realmente me parezco a Robinson Crusoe.

De camino al colegio, no puedo aguantar la emoción. ¿Qué dirán mis amigos?

¡TENGO MUCHAS GANAS DE QUE ME VEAN!

Pero cuando me ven, se ríen y se burlan de mí. Las mejillas me arden. De repente, ya no me siento ni fuerte ni valiente.

LO QUE QUIERO ES IRME.

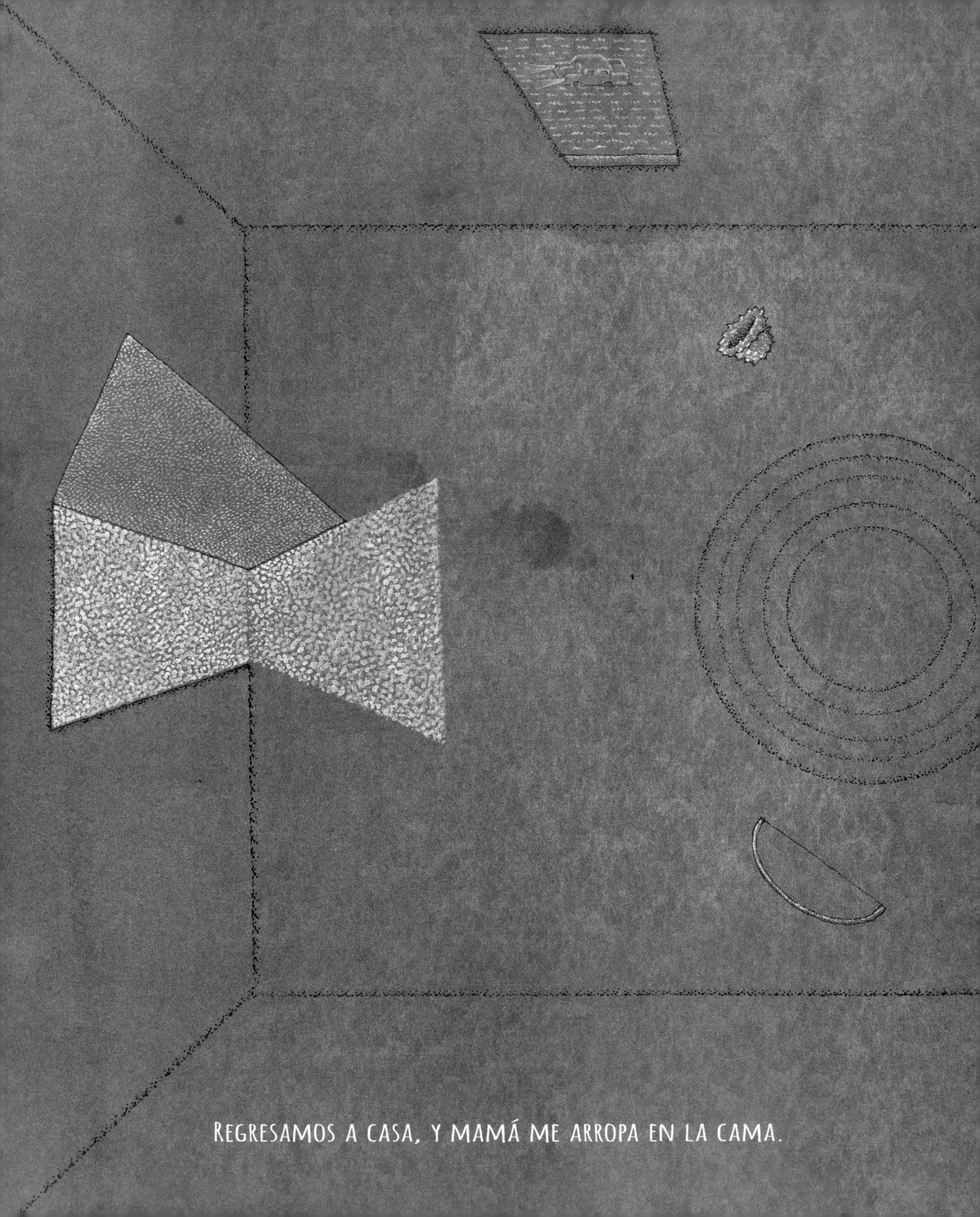

Regresamos a casa, y mamá me arropa en la cama.

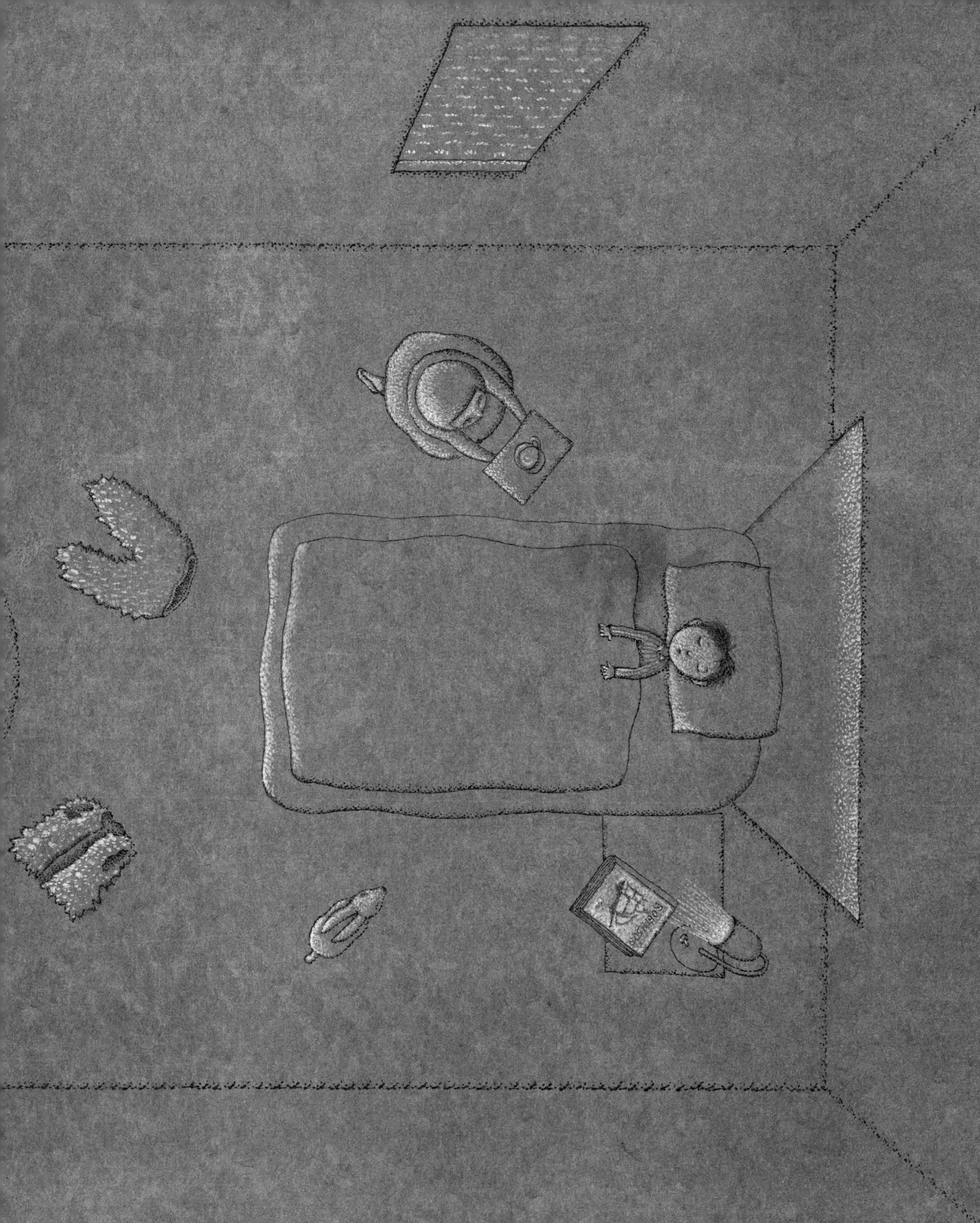

ME SIENTO MAREADO.

Doy vueltas y más vueltas.

Me siento perdido.

Voy a la deriva.

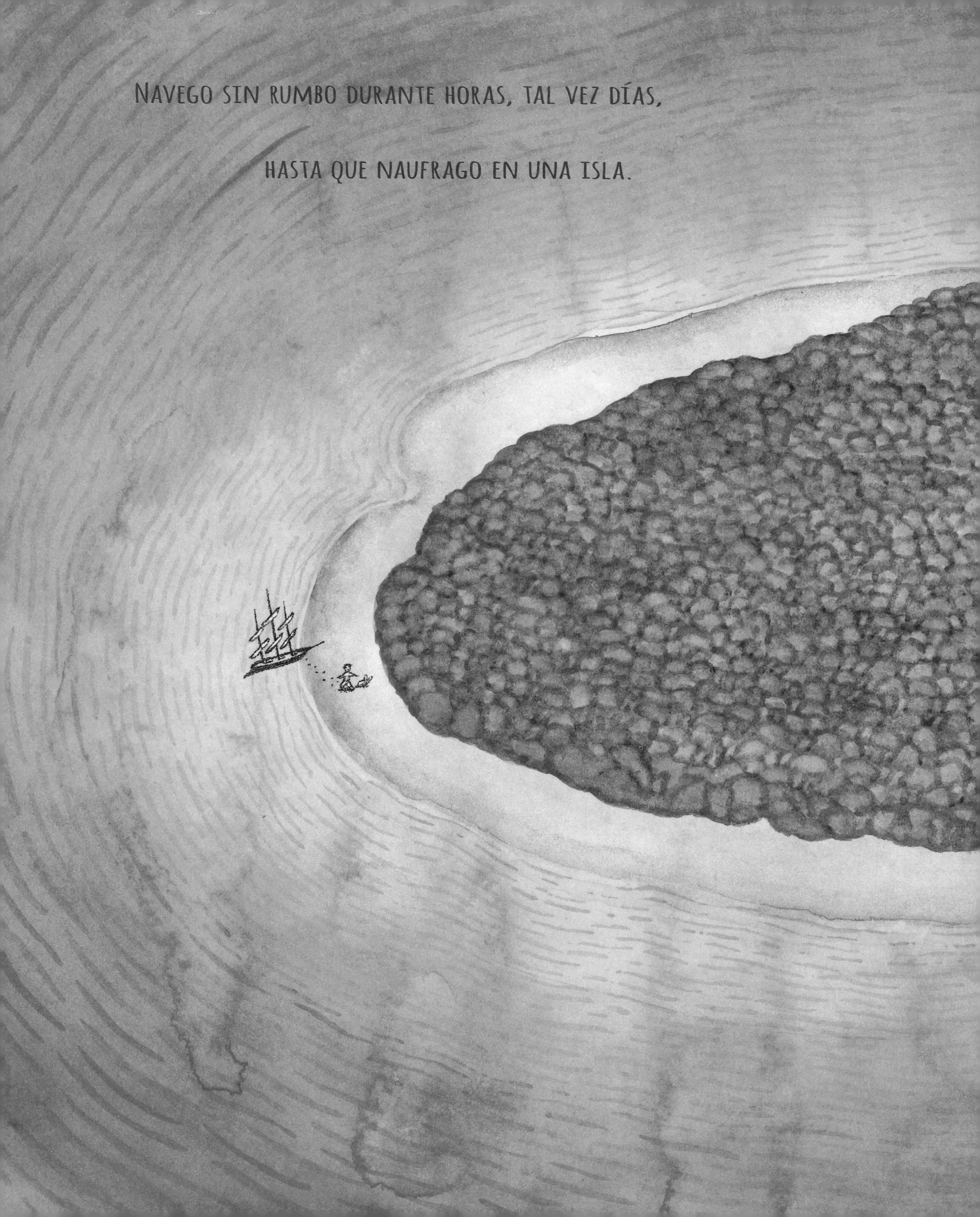

Navego sin rumbo durante horas, tal vez días,

hasta que naufrago en una isla.

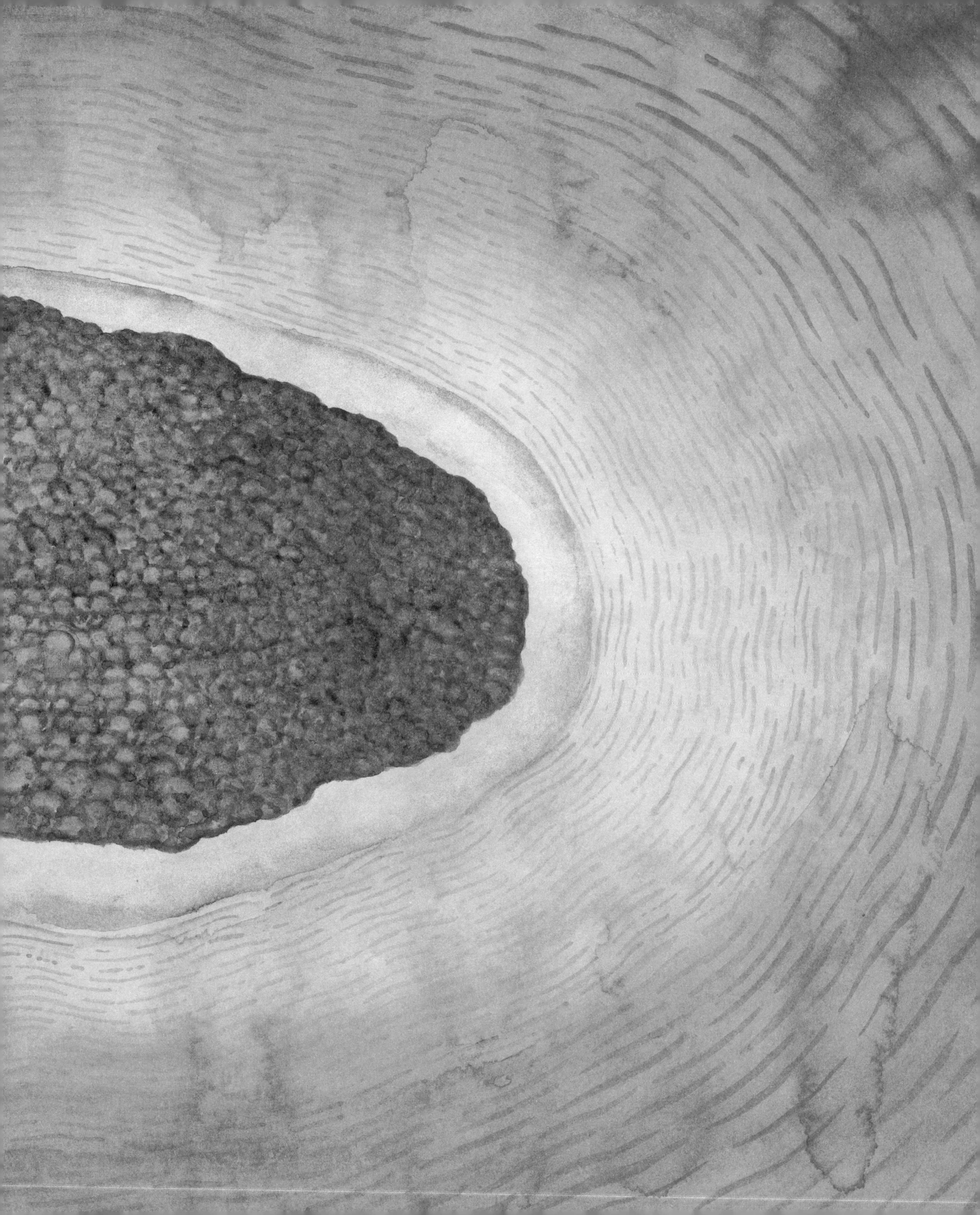

TODO ES TAN DIFERENTE...

¿SERÁ QUE NO HAY NADIE MÁS
EN ESTA ISLA?

¿CÓMO PODRÉ SOBREVIVIR SOLO?

Encuentro agua
y algo de comer.

Construyo un refugio para protegerme
de las tormentas y del sol abrasador.

Me las ingenio para hacer ropa más adecuada.

Los animales de aquí son dóciles. Nos hacemos amigos.

Me hacen compañía mientras trabajo.

LOS INVITO A COMPARTIR MI MESA, Y JUNTOS CELEBRAMOS LA COSECHA.

Ahora me siento fuerte y valiente.

La isla es mi hogar.

Pero siempre estoy alerta por si llegan los piratas.

¡YA ESTÁN AQUÍ!

Sigilosamente, me deslizo entre los árboles y me escondo.

¿Habrán venido a saquear y arrasar la isla?

¿ME HARÁN DAÑO?

NO... MIS AMIGOS HAN VENIDO A JUGAR
Y A QUE LES CUENTE LA HISTORIA
DE ROBINSON CRUSOE.

Estoy contento de verlos.

Y, JUNTOS OTRA VEZ, EMPRENDEMOS UNA NUEVA AVENTURA.

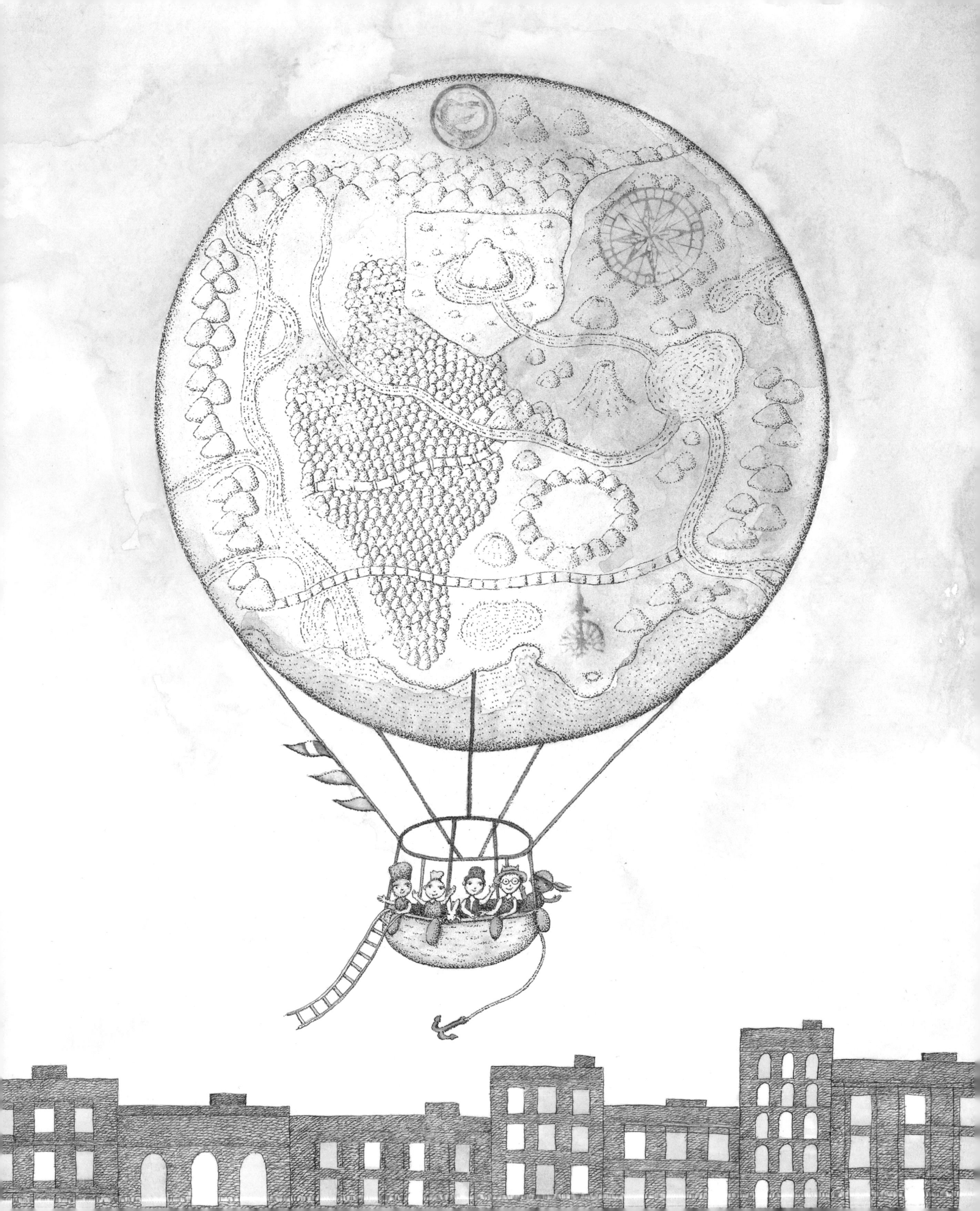

Nota del autor

Robinson Crusoe, de Daniel Defoe, con sus mágicas ilustraciones, era uno de mis libros preferidos cuando era niño. Estaba fascinado con la historia de un náufrago que logró sobrevivir durante muchos años en una remota isla valiéndose solamente de su ingenio y habilidad.

Este libro, *Robinson,* está inspirado en un hecho que ocurrió siendo yo pequeño. Lo recordé cuando encontré esta foto disfrazado del valiente aventurero para un concurso de disfraces de mi colegio. Mi madre, Alenka, que era una gran artista y muy buena con las manos, me hizo el disfraz utilizando las mallas de mi hermana, un chaleco, una peluca, pedazos de una alfombra y piel sintética. También me hizo un arco y una especie de lanza. Gané el primer premio, y mi foto apareció en la primera página del periódico local. Mi madre se sintió realmente orgullosa.

Pero el recuerdo que tengo es lo incómodo que me sentí: las mallas se me caían, la piel sintética me picaba y el maquillaje se me corría. Lo que deseaba en realidad era regresar a casa, especialmente cuando mis amigos y los otros niños del colegio comenzaron a burlarse de mí (era obvio que ninguno había leído *Robinson Crusoe*).

Una fiebre alta hizo que tuviera que guardar cama durante varios días. ¿Viajé en realidad a la isla de la Desesperación de Crusoe? No lo sé, pero lo que ocurrió durante esos solitarios días de mi naufragio me hizo más fuerte. La soledad me ayudó a convertirme en el amo de mi propia isla. Y recuperé la confianza en mí mismo. Así que, cuando mis amigos vinieron a visitarme, fui capaz de perdonar, olvidar y seguir adelante. Todos querían escuchar las historias de Robinson Crusoe, y es posible, incluso, que leyéramos el libro, juntos.

Mis amigos y yo vivimos un montón de aventuras desde entonces: descubrimos el Polo Norte y exploramos el Himalaya... Pero bueno, eso posiblemente sirva para otro libro.

Peter Sís

Peter Sís

Peter Sís viaja por el mundo absorbiendo vistas, sonidos y culturas que recrea en historias e imágenes. Su obra puede verse en museos y galerías de Nueva York a Los Ángeles, de Londres a Praga y muchas otras ciudades. Podemos viajar con él a través de libros célebres como *Madlenka*, *Mensajero de estrellas*, *Tíbet a través de la caja roja* y *El muro*. Para ilustrar este libro, Peter Sís viajó a Martinica, la isla que inspiró la historia de *Robinson Crusoe*.

Acerca de las ilustraciones

Las ilustraciones de este libro fueron creadas con lápiz, tinta y acuarela. Yo quería que las imágenes y su proceso de creación fueran tan libres como la imaginación de mi infancia. La historia es un sueño al fin y al cabo. Traté de recrear ese colorido, la impresión de ensueño que sentí cuando era niño leyendo *Robinson Crusoe*, a través del color, el estilo y la emoción de cada página.

Traducción: Teresa Mlawer

Primera edición, 2018

Av. Luis Roche, Edif. Banco del Libro, Altamira Sur. Caracas 1060, Venezuela
C/ Sant Agustí, 6, bajos. 08012 Barcelona, España

www.ekare.com

Publicado originalmente en inglés por Scholastic Press
Título original: *Robinson*

ISBN 978-84-948859-0-7 · Depósito legal B.16122.2018

Impreso en China por RRD APSL